貓兒房事務所

事務所

❷ 喵皇子駕到

作者／兩色風景　繪圖／鄭兆辰

人物介紹

石鼓

　　石鼓的身體強壯，但長相凶狠，而且脾氣火爆，容易衝動。

　　他有一個可愛的妹妹，叫做釉子。出於保護妹妹的責任感，石鼓練就了一身高強的武藝，尤其特別喜歡以棍棒作為兵器。此外，他還有一些不為人知的小祕密，比如他最不願意承認的弱點竟然是怕老鼠。

釉子

　　釉子的世界很單純，小時候的記憶裡幾乎只有哥哥——石鼓。她希望自己有一天能成為成熟穩重、能力超強的「御姐」。另外，她還有一個非常厲害的天賦——超大力！

尺⁵玉ˋ

　　尺⁵玉ˋ很⁵有⁵正⁵義ˋ感⁵，決⁵定⁵做⁵一⁵件⁵事ˋ之⁵前⁵不⁵會⁵張⁵揚⁵，腦⁵子˙卻⁵轉⁵得⁵飛⁵快⁵，常⁵常⁵「不⁵鳴⁵則⁵已⁵，一⁵鳴⁵驚⁵人⁵」。他⁵思⁵考⁵問⁵題⁵時⁵總⁵要⁵吃⁵點⁵東⁵西⁵，思⁵路⁵才⁵會⁵順⁵暢⁵。平⁵時⁵會⁵用⁵一⁵把⁵紅⁵傘⁵作⁵為⁵武⁵器⁵。

琉ㄌㄧㄡˊ璃ㄌㄧˊ

　　琉ㄌㄧㄡˊ璃ㄌㄧˊ是ㄕˋ一ㄧˋ隻ㄓ身ㄕㄣ材ㄘㄞˊ苗ㄇㄧㄠˊ條ㄊㄧㄠˊ、貌ㄇㄠˋ美ㄇㄟˇ如ㄖㄨˊ花ㄏㄨㄚ、冷ㄌㄥˇ若ㄖㄨㄛˋ冰ㄅㄧㄥ霜ㄕㄨㄤ、能ㄋㄥˊ力ㄌㄧˋ極ㄐㄧˊ強ㄑㄧㄤˊ，遇ㄩˋ到ㄉㄠˋ再ㄗㄞˋ大ㄉㄚˋ的ㄉㄜ˙困ㄎㄨㄣˋ難ㄋㄢˊ也ㄧㄝˇ不ㄅㄨˊ會ㄏㄨㄟˋ退ㄊㄨㄟˋ縮ㄙㄨㄛ的ㄉㄜ˙橘ㄐㄩˊ貓ㄇㄠ。外ㄨㄞˋ冷ㄌㄥˇ內ㄋㄟˋ熱ㄖㄜˋ的ㄉㄜ˙她ㄊㄚ無ㄨˊ法ㄈㄚˇ抵ㄉㄧˇ擋ㄉㄤˇ小ㄒㄧㄠˇ動ㄉㄨㄥˋ物ㄨˋ散ㄙㄢˋ發ㄈㄚ出ㄔㄨ來ㄌㄞˊ的ㄉㄜ˙萌ㄇㄥˊ系ㄒㄧˋ光ㄍㄨㄤ波ㄅㄛ，只ㄓˇ要ㄧㄠˋ看ㄎㄢˋ到ㄉㄠˋ受ㄕㄡˋ傷ㄕㄤ的ㄉㄜ˙小ㄒㄧㄠˇ動ㄉㄨㄥˋ物ㄨˋ，她ㄊㄚ一ㄧˊ定ㄉㄧㄥˋ會ㄏㄨㄟˋ救ㄐㄧㄡˋ助ㄓㄨˋ。不ㄅㄨˊ過ㄍㄨㄛˋ她ㄊㄚ也ㄧㄝˇ有ㄧㄡˇ迷ㄇㄧˊ糊ㄏㄨˊ的ㄉㄜ˙一ㄧˊ面ㄇㄧㄢˋ，比ㄅㄧˇ如ㄖㄨˊ是ㄕˋ個ㄍㄜˋ路ㄌㄨˋ痴ㄔ……

西山

西山是一名學者，致力於科技與發明，對故宮的一切都如數家珍。他很喜歡和晚輩貓貓們交流，經常耐心的講歷史故事給他們聽，也喜歡從他們那裡了解現在流行的事物。

日暮

　　日暮是一隻體型中等偏胖的狸花貓，身體非常健康。年輕時的日暮對古蹟、文物等很感興趣，但不受拘束的性格與愛好自由的天性，讓他在很長一段時間內不斷嘗試新事物，卻找不到貓生努力的方向。直到遇見當時也還年輕的西山，加入考察團後，日暮從此一展所長，現為貓兒房事務所最強的外援。

目 錄

第一章

早起的貓兒有事做

　　位於平原國的故宮，清晨一向寧靜，清脆的鳥鳴就像尖喙般，一點一點啄開名為夜晚的蛋殼，讓天光漏進殼裡，孵出朝氣。

　　然而最近——

　　「嘿！哈！呼——喝啊啊啊啊！」

　　熟睡中的石鼓，尾巴猛然豎

起。　他的床是一個大箱子的造型，　石鼓蜷縮其中，　柔軟的皮肉正好形成一個立方體，　好似一盒雙色霜淇淋。　此刻他扭動著身軀，　好讓雙耳可以塞得更徹底。

隔壁房間，　釉子躺在一張精緻的粉紅公主床上，　身體像流水般流暢的盤成圈狀，　四周環繞著許多絨毛玩具。　這時，　她緩緩睜開惺忪的睡眼，　將戴在頭上的睡帽拉下來蓋住半張臉。

外面「哼哼哈兮」的聲音仍然不絕於耳。

兄妹倆終於忍無可忍，　從各自的床上蹦起，　以有如刺蝟炸毛的造型一起哀嚎：　「吵——死——貓——了！」

他們踩著拖鞋，啪噠啪噠的衝出房間。

懸掛著「貓兒房事務所」招牌的大門外，是一片開闊的廣場。尺玉正在那裡練功，只見他身手敏捷、縱躍如飛，還不時要弄那把隨身攜帶的紅傘，一會兒如劍挑刺，一會兒如盾拋擲，耍得虎虎生風。

有不少貓在故宮裡生活，他們各有職責，有的負責烹飪美味佳餚，有的負責修繕園林景觀，有的負責導覽講解，有的負責巡邏和維護治安。而這個時間最活躍的，是負責打掃的清潔貓，他們津津有味的觀看尺玉的現場表

演，忍不住像小粉絲一樣，把手中的掃帚當作螢光棒揮舞。

另一名貓兒房事務所的成員西山站在門口，正用雙手擦臉，兩撇松枝般挺翹的鬍子擦得尤其認真。

當他聽見「啪噠啪噠」的聲響時，回頭就看見石鼓兄妹無精打采的走來。

「大鼓、小釉子，你們最近很早起床呀！」

「能不早嗎？」兄妹倆用哀怨的眼神看著尺玉說。

作為「心願中繼站」的貓兒房事務所，每天都能接到來自平原國各地的委託，而且除非必

要，他們還是比較提倡「準時上下班，吃飽洗澡睡」的文化，所以石鼓兄妹通常都能擁有可以睡到自然醒的充足睡眠。

然而，那都是尺玉來之前的事了。

在上次的「賞花任務」中，獲邀加入貓兒房事務所的尺玉，外形與才能俱佳，顯然他也知道成為貓兒房事務所一員的意義，因此幹勁十足。最直接的證明便是：尺玉從加入的第一天開始，每天都早起鍛鍊，說是為了貓兒房事務所的任務熱身 —— 但是，這卻造成了石鼓兄妹的痛苦。

「大石頭，小釉子，你們總

算起床了！」尺玉看到同事，立刻揮手打招呼。「來，陪我過兩招吧！」

「哥哥，你去。」釉子打了個大哈欠。「人家睡眠不足，會控制不好力氣。」

「我如果過去就不是切磋，而是想把他切碎了。」有起床氣的石鼓咬牙切齒的說。

「其實，早睡早起是個好習慣。」西山喝了一口茶，不慌不忙的說：「到了我們這個年紀，睡眠需求變少了，精力又不夠充沛……啊！年輕真好。」

石鼓和釉子看了看彼此的黑眼圈，都覺得自己很快就要不年輕了。

對尺玉來說，晨練不過是暖身操而已。

真正火力全開的，還是貓兒房事務所正式上班的時間。

那時，整個故宮也已恢復了活力。八方來客聚集在這裡，新時代的風掀動著歷史的面紗，讓這片土地真正做到了「古今融合」。

而所有的貓都有機會看到一位揹著紅傘的貓小子，在故宮內跑進跑出，雙手抓著樹葉，眼睛炯炯有神。

「那就是貓兒房事務所的新成員——『吃魚』嗎？」

「好像是這個發音，他真有活力！」

「聽說他一來，就霸占了考核箱，不眠不休的用四十八小時就拿到了宮貓認證。」

「喵！這麼努力啊！」

「取得認證後的他才厲害呢！從早到晚都在執行任務，每一次都能順利完成……」

貓兒房事務所的辦公室內，石鼓聽著從窗外傳來的議論聲，一臉不高興的對釉子和西山說：「這年頭，八卦的話題都這麼無趣嗎？說來說去就是那傢伙。」

「老哥，嫉妒可不像男子漢的表現喔！」釉子說。

「胡說，我怎麼可能嫉妒他！」石鼓連忙捍衛身為男子漢

的自尊。「我只是覺得他們這麼誇臭魚乾，好像我們平常沒做事似的。」

「喵呵呵呵！」西山在筆記型電腦後面發出招牌的笑聲。「積極不是挺好的嗎？表示他很重視宮貓的身分。而且到目前為止，

他也確實做得不錯。」

三貓的目光不約而同的集中到辦公室中央，那棵如逢寒冬的「如意樹」。

如意樹是枝椏紛雜的樹型設備，它會長出三種顏色的葉子，代表不同難度的委託，全部都是經由西山匯總、整理、篩選、補充後，發送至「如意系統」的產物。

綠色樹葉是資料完整的委託，誰有空就能認領並執行。當然，有些客戶會指定某位宮貓為自己服務，若有這樣的情況發生，西山也會提前告知夥伴們。

有些委託屬於資訊不夠齊

全、需要進一步討論的，它會被記錄在黃色樹葉上。上次花捲老太太的委託就屬於這一類，因為不確定老太太的住家地址，也不確定她能否接受「以文物代替真實花卉」的做法。總之，黃色樹葉就像交通號誌裡的黃燈，象徵著「暫停」。

另外，有些委託沒有承接的可能性，例如有不識相的傢伙委託貓兒房事務所的心願是遊走在法律邊緣——這就絕對要寫進代表「禁止」的紅色樹葉上。這種情況雖然不多，但仍然屬於一種任務，宮貓們會反過來抓住委託者，交給執法貓處理。

如意樹上長出的葉子，大部

分都是綠葉，偶爾有黃葉。宮貓們接受委託，完成得有條不紊。

但是自從尺玉來了以後，如意樹總是光禿禿的。

——因為任務都被他搶光了！尺玉正式開工的三天裡，石鼓兄妹都處於空閒的狀態。

「我不能再讓臭魚乾搶走鋒頭了！」石鼓自言自語：「老爺子，有沒有新的委託？」

「大鼓，別急，我很快就能處理好一個了。」西山說。

石鼓迫不及待的蹲在如意樹下，等新葉一長出來，他就要立刻收入囊中，讓自己和妹妹今天有事可做。

「老哥，你這樣真是像極了搶演唱會門票的小粉絲。」釉子開玩笑說道。

「早起的貓兒有事做，就讓臭魚乾專心晨練吧！」石鼓洋洋得意的說著。

但石鼓的話才剛說完，練完功的尺玉就像一陣風刮進了辦公室。「西山老師早啊！咦？大石頭和小釉子也起床啦！」

「是啊！託尺玉哥哥你的福。」釉子邊做臉部保養邊說。

「吃早餐了嗎？」尺玉走到角落那臺鯨魚造型的零食機前，按下按鈕，鯨魚的頭頂便噴出許多小魚乾。

尺玉捧著小魚乾，慢慢走到

石鼓身邊，石鼓不高興的說：
「我不要，拿走。」

「誰說要分你？我只是想請你欣賞我的吃相。」尺玉一本正經的說著，同時往嘴裡塞了一大把小魚乾。

「找你來貓兒房事務所的時候，怎麼沒發現你這麼討厭啊！」石鼓一臉嫌棄的看著尺玉。

「喵呵呵！」見氣氛不妙，西山急忙扯開話題。「尺玉，你昨天一口氣完成三件委託，真是越來越熟練了。」

「那當然！」尺玉眉飛色舞的說起自己完成委託的過程，這是他從上班第一天就有的毛病，

剛開始大家還會出於禮貌捧場，現在誰都沒興趣了，收聽率一落千丈。

「有新的委託，請查收。」

伴隨著提示音，如意樹上冒出一片新葉，這一次，是宛如銀杏的黃葉。

尺玉迅速關上話匣子，搶著去摘葉子，卻被石鼓近水樓臺，搶先一步。

「原來你賴在這裡是有預謀的！」尺玉恍然大悟。

「先到先得啊！你每天不就是這麼做嗎？」石鼓得意的雙手插腰。

「你在積極什麼呀？萬一太辛苦而變瘦了，多可惜啊！」尺

玉拍著石鼓像牆一樣厚實的背。
「還是讓我代勞吧！」

石鼓罵道：「喵了個咪！你是有多好大喜功？還記得我們是同一個團隊嗎？」

「由我來完成不也是為團隊爭光？」尺玉不服氣的說。

「尺玉哥哥，這樣你會很累喔！適當分配任務，才會更有效率。」釉子接著補充：「比如昨天你完成的情感委託，也許那位姐姐會希望同樣是女生的我來幫忙呢！」

「誰做都一樣吧？好啦！我下次注意。」尺玉敷衍的回應釉子，又馬上說道：「臭石頭，這個委託還是交給我吧！我還沒摘過黃葉呢！」

「誰拿到就歸誰。」石鼓舉起樹葉，故意這麼說。

「好，這可是你說的！」

只見尺玉身子一彎，跳到了石鼓背後，石鼓本能的轉過去看他，二貓頓時面面相覷。尺玉趁

石鼓錯愕的一瞬間，俐落的搶走了黃葉，轉身開溜。

「休想！」石鼓一把抱住尺玉的雙腳，讓他跌倒在地。

情急之下，尺玉的尾巴忽然左右擺動，好似一根逗貓棒，石鼓忍不住鬆手去抓，讓尺玉再次獲得逃跑的機會。

「狡猾的傢伙！」輸給本能的石鼓氣得捶胸頓足。

坐在電腦後方的西山喝了一口茶，感慨道：「喵呵呵！兩位宮貓搶著執行任務，我們的客戶真是幸福啊！」

釉子跑到門口大喊：「尺玉哥哥，黃葉上的任務需要大家一起商量再執行，你先回來吧！」

「不用擔心，我能搞定！」早已跑了一段距離的尺玉，頭也不回的回答：「我絕對不會讓貓兒房事務所丟臉的！」

釉子無奈的看著尺玉離去的背影，而他沿路與其他宮貓的招呼聲也持續傳來。

「吃魚先生又要出去啊？」

「是啊！又有委託了。」

「貓兒房事務所這麼忙嗎？」

「能者多勞嘛！」

「真不愧是吃魚先生！」

⋯⋯

石鼓走到如意樹前，用指甲狂撓樹幹，發洩滿肚子的委屈和怒氣。

第二章

新任務來了

客戶：貓小渣。

心願：世界這麼大，我想去一個沒貓打擾的地方，度過餘生。

說明：經調查，客戶就讀於新月學院，個性固執且不講道理，做事不牢靠，與父母的關係有點緊張。

判斷：不建議直接與客戶接觸，應先對他的心理狀態進行觀察、討論，再制定計劃。

　　尺玉將黃色的樹葉蓋在一隻眼睛上，瞳孔收縮成一直線，黃葉裡面記錄的訊息便映入眼簾。

　　「年紀輕輕就想獨自度過餘生？以為自由就是一切？」尺玉搖搖頭。「真是沒吃過苦的傢伙，我在叛逆期的時候都沒這麼想過。」

　　但是自己的想法要怎麼傳達給貓小渣？畢竟大人的好言相勸，並不能阻止正處於叛逆期的孩子。

　　「失策，不該貿然接受任務的……」尺玉撓撓頭。這幾天他解決的全是難度不高的綠葉任務，不像這次充滿不確定性。

　　「要不要回去找他們商量？」

這個念頭在尺玉腦海裡轉瞬即逝，他都能想像石鼓會怎麼嘲笑自己。「算了，我一定要靠自己完成！」

西山做的事前準備非常詳盡，樹葉上記載的資訊還包括那孩子留下的非常特別的聯絡方式。

「如果貓兒房事務所願意幫我，我們就每天傍晚五點後在茂草路與水花路交叉口的電線桿下見面。如果等到五點半還見不到我，就隔天再說。」

尺玉仔細思考這段話，推測五點是那孩子的放學時間，他如果不能準時出現，八成是被老師留下來了。

看來是個很需要「關懷」的孩子啊！

尺玉很快找到約定好的電線桿，開始了無聊的等待。終於到五點了，一個無精打采的身影從街尾走來。

黃葉上也有西山設法得到的貓小渣照片，所以尺玉一下就認出了自己的客戶。他原本要上前相認，想了想，決定先躲起來。

尺玉順著電線桿一竄，輕鬆登頂，穩穩的停在頂端那一小塊落腳處。他頭頂著滿是晚霞的天空，居高臨下看著那孩子。

貓小渣正踮起腳尖，左顧右盼，尋覓著想像中能救他脫離苦海的宮貓。

　　一個騎腳踏車的貓女孩從旁邊經過，對他說：「小渣，該去補習班了。」

　　「我有事，你自己去吧！」貓小渣不耐煩的揮揮手。

　　「今天上課的內容很重要，還是來上課比較好。」貓女孩好言相勸。「別忘了，你這次考試又是倒數第一。如果題目很難也就算了，但有很多送分題你都答不出來，這就太糟糕了。新月都讀成這樣，升到弦月要怎麼辦？滿月學院就更考不上了！」

　　「你真囉嗦！」貓小渣對她做了一個鬼臉。

　　貓女孩一看，便氣呼呼的走了。

　　貓小渣不屑的說：「哼！每天讀書，都把自己讀傻了。」他打開書包，拿出一本書。「還是這種書好看！」

　　尺玉像壁虎那樣攀住電線桿，伸長脖子往下看，只見書的封面上寫著《重生之喵臨天下》。貓小渣一臉沉迷的翻著那本書，看到有趣的劇情就忍不住感嘆。「我為什麼不是個皇子呢？那每天就只要吃喝玩樂就好了……投胎還真是需要運氣！」

　　尺玉在心裡鄙視：真是個不懂事的孩子，應該讓臭石頭用臉嚇嚇他，保證治百病！

　　剛想到同事，尺玉懷中的通訊鈴就響了。

「鈴……鈴……」這個舒緩的節奏說明來電的是西山，尺玉按下接聽鍵，低聲說：「喂？」

「喵呵呵！要下班了，還不回來嗎？」另一頭傳來西山親切的笑聲。「還在進行任務？一切順利嗎？」

尺玉大言不慚：「順利！那還用說！」

「因為這個任務不是單憑好身手就能完成，如果你需要幫助，儘管開口，不要客氣。」

「不用，我自己能搞定，你們就等我的好消息吧！」

「好，加油。喵呵呵！」

收起通訊鈴，尺玉掏出一把小魚乾塞進嘴裡，一邊咀嚼，一

邊思考。

　　在電線桿下，貓小渣已經開始不耐煩的嘀咕：「今天也放我鴿子嗎？貓兒房事務所怎麼這麼不可靠啊？算了！」

　　他毅然決然的離開了，不知道是放棄實現願望，還是決定靠自己實現願望？

　　但貓小渣的第一步就邁得很不順利，他踩到一塊香蕉皮，滑了個四腳朝天，後腦勺撞到地面，眼冒金星的暈倒了。

　　尺玉慌忙跳到貓小渣的身邊，確認他沒有大礙後，才放下心來。

　　貓小渣最愛的書也掉在一

旁，某一章的標題吸引住尺玉的目光——〈一覺醒來穿越了〉。

尺玉靈光一閃，有了主意，於是又獎勵了自己一把小魚乾。

第三章

難道⋯⋯我穿越了？

　　貓小渣迷迷糊糊睜開眼睛，發現自己躺在一張陌生的床上。那張床古色古香，雕花精美，但床板很硬，沒有鋪彈簧軟墊，一看就不是自己家的。

　　室內一片昏暗，只有一處亮著光，貓小渣忽然發現這道光源不是自己習以為常的日光燈或小夜燈，而是一盞燈籠！

再仔細看這個房間裡的布置，都是他在古裝劇裡看過的擺設……

他這是在哪兒？

此時，有貓從黑暗中走出來，貓小渣的嘴巴越張越大——一名長裙及地，手拿方帕，打扮得像古代宮女的貓女孩，來到貓小渣面前，她行了一個屈膝禮便說：「殿下，您該起床了。」

「你叫我什麼？」貓小渣驚訝的問，甚至看了看身邊，確定對方在和自己說話。

「殿下是不是還沒睡醒？」宮女溫柔的微笑回答。

貓小渣也有同樣的疑問，他用手捏了自己的臉——好痛！這

不是夢！

「難道……」貓小渣的腦中浮現出那本最愛的穿越小說。

一覺醒來，發現自己到了古代，擁有全新的身分，這不就是他最嚮往的生活嗎？

而且，他現在的身分竟然真的是皇子！

「姐姐，請問現在是哪個朝代？」貓小渣興奮的問。

宮女睜大了眼睛。「殿下，您叫我什麼？」

貓小渣趕緊打馬虎眼：「那個……我只是想知道，現在是什麼朝代？」

「殿下，您有哪裡不舒服嗎？」

「呃……沒有，我只是睡糊塗了。」

貓小渣偷偷敲了自己的頭，心想：傻瓜！怎麼可以問這種問題呢？不怕別人知道你是冒牌貨嗎？

「如果殿下沒有不舒服，就請更衣洗漱吧！」宮女也像什麼都沒發生過一樣，平靜的說。

「要起床了？」貓小渣看向窗戶。「現在是幾點啊？」

「殿下問的是時辰嗎？現在是寅時。」

貓小渣根本不知道凌晨三點到五點稱為「寅時」，但根據外頭黑得伸爪不見肉墊來看，他判斷現在應該連五點都不到。

這麼早起做什麼？就算現在的學生很辛苦，每天也至少能睡到七、八點呢！

「殿下每天都是這個時辰起床，怎麼今天特別抗拒？」宮女疑惑的說：「需要奴婢去請太醫嗎？」

貓小渣緊張的大叫：「不、不、不！不用找太醫！」誰要沒事打針吃藥啊！

為了證明自己身體無恙，貓小渣急忙跳下床，在宮女的幫助下，換上一身以深藍色緞布製成的衣服。

雖然睡眠不足，但是在銅鏡裡看到煥然一新的自己，貓小渣還是覺得興高采烈。

他心想：真是難以置信，從今天起，我就是皇子了！

比起「去沒貓打擾的地方度過餘生」，眼下這個情況可說是更完美了！

尺玉趴在一扇窗戶上，透過縫隙往裡面偷瞄，雙手緊緊摀住嘴巴，防止自己笑出聲來。

把時間往前倒流一小時。

貓小渣因故昏倒，尺玉的靈感卻因此被啟發了。他把這個熱愛奇幻小說的孩子帶回故宮，然後去了御花園。

儘管尺玉加入貓兒房事務所的時間不長，但他在故宮中卻已經是風雲貓物。在御花園工作的

宮貓都認得他，和尺玉打招呼時，都對吃魚先生為什麼抱著一隻小貓感到好奇。

「這位是我的客戶。」尺玉壓低聲音介紹。「我正在幫他實現心願，你們願意幫忙嗎？」

宮貓們聽了這番話，都露出興奮的表情。在他們心中，貓兒房事務所可是有著崇高的地位！

「義不容辭！吃魚先生，需要我們做什麼？」

「當演員，演一齣穿越大戲！」尺玉像個大導演一樣講解劇情。「再也沒有比故宮更適合的舞臺了！」

由尺玉親自執導的戲劇處女作就這樣開始了。宮貓們不愧是

最熟悉故宮的貓，他們各顯神通，分工完成計劃。

首先，安排貓小渣住進位於寧壽宮南側的「南三所」，以前的皇子就是在那裡就寢。

其次，負責故宮內「沉浸式體驗」的導遊貓找來了大量的服裝和道具，演員貓裝扮完成後，瞬間進入角色。

緊接著是片場的布置，將現代化的照明設備暫時關閉、把垃圾桶和指示路牌等會暴露真相的細節藏起來……總之一句話：做戲做全套。

如果是像西山那樣的學者，還是能一眼看出許多破綻，但貓小渣只是個孩子，而且歷史不太

好，那就有機會掩飾過去。

事情就像尺玉預估的那樣順利，扮演宮女的貓姐姐以精湛的演技說服了貓小渣，讓近距離看戲的尺玉大呼過癮。

現在，貓小渣在一名貓太監的引領下，前往上書房。

沿途的現代照明設備都被關掉了，黑暗藏起了許多真相。一路上只有那名貓太監小心翼翼的掌燈照明，貓小渣好奇又不安，這個時間要帶他去什麼地方？難道是吃早餐？為了避免引起懷疑，他也不敢多問。

當貓小渣發現自己來到上課的地方時，立刻驚訝得目瞪口呆。

都來到了古代、變成了皇子，居然還要學習？

「殿下怎麼了？」帶路的貓太監朗誦著臺詞。「您從五歲起就天天在這個時辰來這裡讀書，怎麼好像很訝異的樣子？」

貓小渣如遭五雷轟頂——五歲開始就要摸黑走這麼遠的路來這裡讀書？這是什麼地獄般的安排啊！

在過去的半小時裡，貓小渣不斷想著：我的餘生不會再有任何煩惱，尤其不需要擔心學習的事……結果現在竟然又要上課了！

突然，他想起以前至少是在媽媽溫柔的呼喚中離開夢鄉，偶

爾還能多賴床幾分鐘。

最重要的是，那時他的起床時間是早上七點。

把一切看在眼裡的尺玉，很努力不要笑出聲音。可以看出貓小渣受到很大的打擊，否則他應該懷疑：上書房是讓眾多皇子一起學習的地方，現在為什麼只有他一隻貓？

貓太監意猶未盡的退場，接著來了一位扮演皇子老師的中年宮貓，他怕自己笑場，乾脆板著一張臉，一看就是相當不好惹。

貓老師對貓小渣行了個拱手禮。「殿下請坐，從現在到七點，是我們的上課時間。」

同時擔任編劇、導演與監製

的尺玉一聽，暗叫不妙，貓老師念錯臺詞了，不該說「七點」，而是「卯時」啊！

還好貓小渣完全沒發現這個錯誤，他問：「七點就下課了嗎？」

「七點是您用早膳的時間，然後皇上會來檢查您的功課。」貓老師說：「把握時間吧！殿下，我們先來複習昨天學的內容。你記得我們昨天學了什麼嗎？」

「我……不記得了。」貓小渣只能這樣回答。

貓老師的臉頓時像覆上一層寒霜。「一點也想不起來？」

「一點也想不起來……」

貓小渣回想起以前被老師管教時的恐懼。難道他這個皇子一點特權也沒有嗎？想到這裡，他試著擺出皇子的架勢，說道：「老師，您也有記憶力不好的時候吧？比如您剛才是不是忘了對我下跪？」

貓小渣覺得自己這個回馬槍多麼合情合理呀！

然而，貓老師一聽就變臉了。「王公大臣見皇子確實需要雙膝跪地行禮，但上書房的老師只需拱手為禮。方才殿下忘了回禮，我想或許是因為您疲倦而忽略了，不予見怪，但您現在卻提出這樣不顧禮數的命令？」

貓小渣聽得直冒冷汗，真是

踢到鐵板了，看來皇子在老師面前也不能耍特權啊！

「您無心學業，又用身分壓我，罪加一等，所以您今天沒有早膳吃了。」這位飾演貓老師的宮貓其實是講解故宮文物的解說貓，他說話風趣幽默、深入淺出，現在更是過足了戲癮。

貓小渣欲哭無淚，深感自己是整座皇宮內最弱勢的可憐貓。

「那麼，我們只能把您忘掉的內容從頭再學一次。」

貓小渣只能乖乖照辦。他學的是各種古詩詞及典籍，貓老師念一遍，他也跟著念一遍，就這樣反反覆覆的念了上百遍，而且還要背誦與抄寫。

貓小渣又睏又累，肚子餓得一直叫，最難以忍受的是那些左耳進、右耳出的枯燥內容。

就這樣過了大概一小時，貓小渣鼓起勇氣詢問：「這種課一天要上多久啊？」

貓老師鐵面無私的回答：「至少十小時，一年的休息時間最多不超過五天。」

「都是在這裡背書嗎？」

「也有騎馬、射箭等課程。殿下的技術不夠熟練，每次射一百箭，手就沒有力氣，還長滿了水泡，連書都拿不住。」貓老師假裝恨鐵不成鋼的說。

本來以為體育課至少能放鬆一下的貓小渣，聽到老師說的話

之後， 手好像已經開始抽筋了。

「殿下請勿將時間花在閒聊上， 稍後皇上會過來檢查您的功課， 他隨手指到哪一頁， 您就必須背出來， 否則他會失望的。 」

貓小渣崩潰的說道：「 一定要這麼辛苦嗎？ 我以後不當皇帝不就好了嗎？ 」

貓老師嚴厲的回應：「 即使不當皇帝， 您也應該擔任輔政大臣， 為國家貢獻一己之力， 那同樣也需要學習。 就算不在朝廷當官， 而是去民間生活， 也必須學習。 學習是一輩子的事！ 」

貓小渣搖晃了一下， 從跪坐讀書的姿勢變成癱軟在地。

「 我……我想去廁所…… 」

　　貓老師瞥向窗戶，確認藏在那裡的尺玉導演同意，可以讓主角貓小渣稍微放鬆，同時他也對其他演員發出暗號。

　　當貓小渣離開上書房，像是無頭蒼蠅般到處找廁所時，不斷有宮女、太監、侍衛等從他身邊經過，說著：

　　「三殿下真是奇才，每本書都能倒背如流。」

　　「五殿下騎馬摔傷了腿，卻還不肯放棄呢！」

　　「七殿下已經主動要求將上課時間延長到六個時辰。」

　　貓小渣心想：天啊！這裡的高材生競爭居然比現代的學校激烈一百倍！雖然才過去幾小時，

但如果今後的日子都要這樣度過，穿越還有什麼意義？

於是貓小渣做出結論：逃走吧！

貓小渣想返回他醒來時待的房間，也許能在那裡找到「時空隧道」的出入口。

他拼命朝路的反方向跑，沿途的貓演員看到貓小渣突如其來的舉動，急忙試圖攔截，他們邊追邊喊：

「殿下，茅房不在那邊！」

「殿下，皇上馬上要來檢查您的功課了！」

「殿下，您慢一點呀！」

……

貓小渣搗住耳朵，想擋住全

世界的聲音。

「吃魚先生，那孩子似乎已經到極限了，我們要不要收工了？」一名貓侍衛急忙請示導演。

「收工！他應該得到足夠的教訓了。」尺玉滿意的說。

沒想到，一帆風順的一齣好戲，臨近殺青的時候，卻忽然出現意外。

只聽到一個大嗓門問道：「咦？你們怎麼還沒下班？為什麼都打扮成這副模樣？」

尺玉眼前一黑，心想：糟糕，石鼓來了！

尺玉聯合宮貓們演這一齣戲的時候，並沒有通知貓兒房事務

所──請他們幫忙，就顯示不出他尺玉的能力了。可惜尺玉沒料到石鼓沒事會在故宮裡遛達，還跑進了他的片場！石鼓怎麼會知道這是自己用心良苦的計劃呢？他的大嗓門一下子就會讓戲穿幫了！

　　沉浸在各自角色裡的演員們，面對這個突發狀況，全都手足無措。

　　如果貓小渣正在上廁所，那還容易掩飾，偏偏他沒事亂跑，剛好來到石鼓身邊。

　　兩隻貓面面相覷。

　　「糟了……」所有演員此時都這麼想著。

　　說時遲，那時快，尺玉有如

天降神兵般，站到貓小渣面前，一把將他拉到自己身後並大喊：「殿下快走，這裡交給我！」

貓小渣小小的眼睛裡滿是大大的問號。「怎麼回事？他是誰？」

「還能是誰！看他那張壞人臉，當然是刺客啊！」

貓小渣渾身發抖，被尺玉這麼一說，一臉凶狠的石鼓的確不像好人。

「什麼！你這傢伙！」石鼓氣得大吼，隨著血盆大口張開，露出嘴裡白白的尖牙。

「呃……忘了自我介紹，微臣是那個……您的護衛！」尺玉本來沒有想過要自導自演，事到

如今，只能強行給自己加戲。

不過，貓小渣完全不關心這點，他指著石鼓大叫：「他來了！」

只見石鼓亮出他的武器——一柄九環錫杖，並且高舉過頭，朝尺玉打了過來。

「護駕！」尺玉配合情境的喊了一聲，馬上拔出紅傘迎上前去。向下揮打的錫杖擊中了突然撐開的傘面，像是矛與盾撞在一起。

石鼓的力量雖然比不上釉子，但也不容小覷。尺玉不是力量型選手，硬碰硬吃了大虧，他連忙把傘收攏，像擊劍那樣連續刺出，石鼓也舞杖抵擋，九個銅

環在撞擊中不斷發出噹啷噹啷的聲響，就像是為這齣武俠劇配樂一般。

宮貓們都看得目不轉睛，高手過招真是太精彩了！

離得最近的貓小渣卻絲毫沒有一飽眼福的想法，撲面而來的陣陣強風吹得他提心吊膽，感覺自己隨時會有危險。

貓小渣癱軟在地，以蠕動的方式緩慢後退，失魂落魄的呢喃著：「爸爸……媽媽……」

他的腦中突然浮現出一段記憶：有一次，他們一家三口搭乘電梯時，電梯忽然故障，不但停滯不動，甚至往下掉了一層！當時他嚇得魂飛魄散，而爸爸和媽

媽立刻同時抱住他。 貓小渣看得出來， 他們也在害怕， 可是透過擁抱傳來的堅定與溫暖卻分明在說： 爸爸和媽媽一定會保護你， 因為你是我們最愛的孩子。

只是因為課業壓力太大， 他竟然就想放棄一切！

貓小渣的情緒瞬間崩潰， 他趴在地上哭喊：「我不要當皇子了！ 讓我回去！ 讓我回到爸爸和媽媽的身邊！」

因為驚嚇過度加上睡眠不足， 貓小渣再次暈了過去。

「卡！」尺玉見狀， 急忙阻止打上癮的石鼓。

「對打哪有什麼中場休息的！」 石鼓氣呼呼的說。

　　演員們紛紛靠攏過來，其中飾演貓老師的宮貓問：「吃魚先生，我們是不是不用再演了？」

　　尺玉很有把握的說：「是的，大家辛苦了。請撤掉布景，卸下裝扮，我們的戲殺青囉！」

　　宮貓們歡欣鼓舞，掌聲如雷。

　　一旁的石鼓疑惑的看著他們，完全摸不著頭緒。

第四章

手牽手回家

當太陽升起時，貓小渣終於醒來了。

他躺在太和殿前的廣場上，許多宮貓圍在他身邊，看見他睜開眼睛，紛紛讓出一些空間。

貓小渣此時有點「今夕是何年」的茫然，他看看自己，衣服已經換了回來，再看看四周，到處都是壯觀的歷史建築，使他瞬

間以為自己還在古代，可是路過的貓有的戴眼鏡、有的打領帶、有的喝著罐裝飲料……

「這裡是故宮！」貓小渣懂了。「這裡是現代！我回來了！」但他又不禁嘀咕：「等等，那到底是不是做夢啊？」

一位清潔貓拿著掃帚問：「小朋友，你是怎麼進來的？故宮還沒開門呢！我們一來上班，就看到你躺在這裡。」

另一位導遊貓說：「你的通訊鈴剛剛響起，我幫你接聽了，是你爸媽打來的，我已經通知他們來接你了。」

貓小渣好像什麼都沒聽見，一直反覆思考那些真假難分的回

憶。

　　忽然，他發現懷裡有東西，掏出來一看，正是那本怎麼背都背不起來的古詩詞！

　　「是真的！我真的跑去古代當了一個晚上的皇子！」貓小渣歡呼著。「謝謝老天，我終於回來了！」

　　這時，有一對貓夫妻遠遠的跑過來。「小渣！」他們激動的喊著。

　　「爸爸、媽媽！」貓小渣衝過去，緊緊抱住他們。

　　貓爸爸紅著眼眶，哽咽的說道：「對不起，爸爸不該為了成績的事凶你。」

　　忍不住流下眼淚的貓媽媽也

說：「媽媽也有錯，給了你太大的壓力。」

「不！」貓小渣一反常態的開口：「和古代的皇子相比，我那些事根本不算壓力！我既不用天亮前就起床背誦古文，也有時間做自己喜歡的事。最重要的是，我還有你們這麼關心我。爸爸、媽媽，我以前太不懂事了，我會改過的！」

貓爸爸和貓媽媽又欣慰又心疼，他們摸著兒子的頭，你一言、我一語的說：「慢慢來，我們都有需要反省的地方。你肚子餓嗎？我們回家吃飯吧！」

貓小渣一家三貓就這樣手牽手，離開了故宮。

　　貓兒房事務所的成員們從遠
遠的地方目送那個其樂融融的家
庭。

　　「喵呵呵！這個心願完成得
真不錯！」西山由衷的讚嘆。
「滿足了那位小客戶的願望，也
讓他收起了天真的想法，還讓一
家子達成和解。尺玉，真是高明
啊！」

　　「我附議！」釉子也真誠的
贊同。

「哼！為什麼要裝神弄鬼？早點告訴我們不就沒事了！」石鼓還在鬧彆扭。「我們三個也能當演員啊！尤其是我妹妹，她根本天生就是當女明星的料！」

「說到演戲——」西山欣賞的看著尺玉。「你這次還無心插柳，實現了許多宮貓的心願。他們日復一日做著同樣的工作，內心早就渴望做些不一樣的事了。」

尺玉謙虛的說：「你再這麼誇下去，某貓又要不高興了。」

「臭魚乾，你還得意起來了！」石鼓指著尺玉說：「我的意思是，你應該更懂得依靠團隊！這次你雖然沒向我們求助，

但還是需要借助其他宮貓的力量，對吧？承認凡事不能只靠自己有那麼難嗎？」

尺玉心想：那還不是我先想到這個好主意，又有不錯的號召力，才有這麼完美的結果？是我讓大家有發揮才能的機會呀！

不過他嘴上沒有反駁，因為眾多宮貓湧了過來，他們熱情的說：「吃魚先生，如果還有昨晚那種機會，請務必找我！」、「還有我！昨晚太有趣了！」、「能幫上您的忙真好，好像我也成了貓兒房事務所的成員呢！」……

被眾星捧月的尺玉，尾巴忍不住翹了起來。同事們的意見就

暫且拋在一邊吧！ 這一刻的尺玉
真的覺得 —— 自己就是最棒的！

貓兒房小知識

見 049 頁

原文

首先，安排貓小渣住進位於寧壽宮南側的「南三所」，以前的皇子就是在那裡就寢。

貓兒房小知識

明朝時，這裡可分為端敬殿和端本宮，是東宮太子的住所。清代的嘉慶皇帝後，多以「擷芳殿」代稱整組建築。乾隆十一年（1746年），在擷芳殿原址興建三所院落，作為皇子的居所，因其位在寧壽宮以南，所以又稱「南三所」，也稱「阿哥所」或「所兒」。

南_{ㄋㄢˊ}三_{ㄙㄢ}所_{ㄙㄨㄛˇ}

中_{ㄓㄨㄥ}國_{ㄍㄨㄛˊ}故_{ㄍㄨˋ}宮_{ㄍㄨㄥ}博_{ㄅㄛˊ}物_{ㄨˋ}院_{ㄩㄢˋ}建_{ㄐㄧㄢˋ}築_{ㄓㄨˊ}

原文

現在，貓小渣在一名貓太監的引領下，前往上書房。

清代的康熙皇帝因為自己童年時期沒有老師教導，覺得很遺憾，所以決定為皇子們選擇最好的老師，而讀書的地點就選在自己工作的乾清宮東南側廂房，以便隨時了解皇子們的讀書狀況。從那時起，宮中便增添一個「皇子學校」——上書房。

上_{ㄕㄤ}書_{ㄕㄨ}房_{ㄈㄤ}

中_{ㄓㄨㄥ}國_{ㄍㄨㄛ}故_{ㄍㄨ}宮_{ㄍㄨㄥ}博_{ㄅㄛ}物_ㄨ院_{ㄩㄢ}建_{ㄐㄧㄢ}築_{ㄓㄨ}

原文

當太陽升起時，貓小渣終於醒來了。

他躺在太和殿前的廣場上，許多宮貓圍在他身邊。

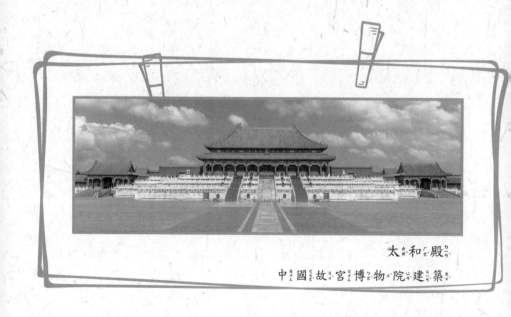

太和殿
中國故宮博物院建築

082

貓兒房小知識

　　太和殿，俗稱「金鑾殿」，位於紫禁城南北主軸線的顯要位置。太和殿是紫禁城內占地最廣、等級最高的建築物，建築規制崇高，裝飾手法精緻，堪稱中國古代建築之首。

　　明、清兩朝共二十四位皇帝都在太和殿舉行盛大的典禮，如皇帝即位、皇帝大婚、冊立皇后、命將出征等。此外，每年萬壽節、元旦和冬至這三大節日，皇帝都會在此接受文武官員的朝拜及祝賀，並賜宴給王公大臣。

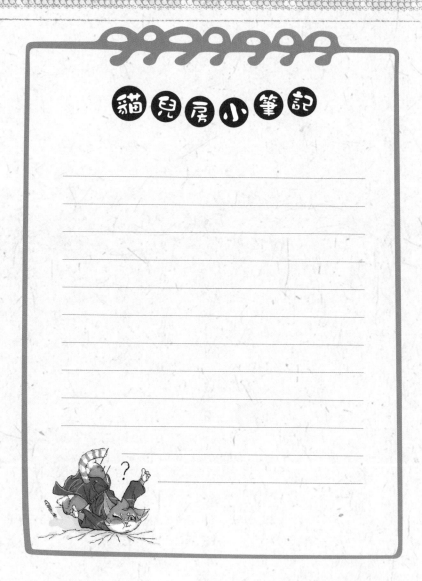

貓兒房小筆記

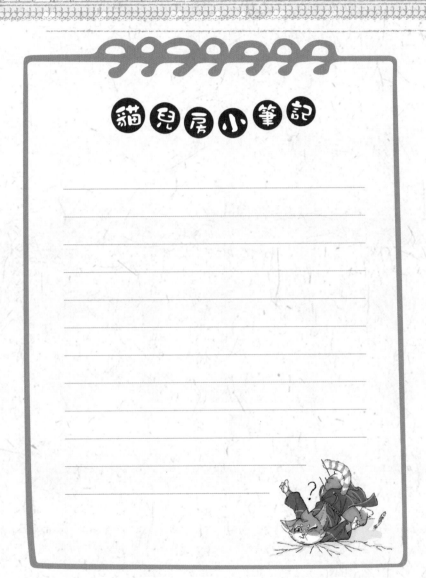

猫兒房小筆記

國家圖書館出版品預行編目（CIP）資料

貓兒房事務所 2 喵皇子駕到 / 兩色風景作；鄭兆辰繪.
-- 初版 . -- 新北市：大眾國際書局股份有限公司 大邑
文化, 西元 2024.3
88 面；15x21 公分 . -- (魔法學園；12)
ISBN 978-626-7258-65-1 (平裝)

859.6   112022318

魔法學園CHH012

貓兒房事務所 2 喵皇子駕到

作 者		兩色風景
繪 者		鄭兆辰

總 編 輯		楊欣倫
副 主 編		徐淑惠
執 行 編 輯		邱依庭
封 面 設 計		張雅慧
排 版 公 司		菩薩蠻數位文化有限公司
行 銷 業 務		楊毓群、蔡雯嘉、許予璇

出 版 發 行		大眾國際書局股份有限公司 大邑文化
地 址		22069新北市板橋區三民路二段37號16樓之1
電 話		02-2961-5808 (代表號)
傳 真		02-2961-6488
信 箱		service@popularworld.com
大邑文化FB粉絲團		http://www.facebook.com/polispresstw

總 經 銷		聯合發行股份有限公司
		電話 02-2917-8022　　　傳真 02-2915-7212

法 律 顧 問		葉繼升律師
初 版 一 刷		西元2024年3月
定 價		新臺幣280元
I S B N		978-626-7258-65-1